DROMADARD ET PANADIER

EN ORIENT

A-PROPOS VAUDEVILLE EN UN ACTE

par

M. JULES MOINAUX

REPRÉSENTÉ POUR LA PREMIÈRE FOIS, A PARIS, SUR LE THÉATRE DES VARIÉTÉS, LE 10 JUIN 1854.

Nota. — Cette pièce fait suite au petit à-propos ayant pour titre *la Question d'Orient*, joué sur le même théâtre, et qui en devient le prologue obligé.

Prix : 60 centimes.

PARIS

CHEZ TOUS LES LIBRAIRES

ET CHEZ COLOMBIER, ÉDITEUR DE MUSIQUE

RUE VIVIENNE, 6.

1854

DROMADARD ET PANADIER

EN ORIENT

A-PROPOS-VAUDEVILLE EN UN ACTE

PAR

M. JULES MOINAUX

REPRÉSENTÉ POUR LA PREMIÈRE FOIS, A PARIS, SUR LE THÉÂTRE DES VARIÉTÉS, LE 10 JUIN 1854.

NOTA. Cette pièce fait suite au petit à-propos ayant pour titre la *Question d'Orient*, joué sur le même théâtre, et qui en devient le prologue obligé.

DISTRIBUTION.

DROMADARD....................	MM. CHARLES PÉREY.
PANADIER.....................	LASSAGNE.
MALENFLÉ	CHARRIER.
BERLINGOT....................	EDOUARD.
LOLOTTE......................	Mlles BOISGONTIER.
LAÏDE........................	EUDOXIE LAURENT.

La scène se passe dans une petite ville de Turquie.

Le théâtre représente une place publique ; à droite, au deuxième plan, une porte du palais du pacha ; au premier plan, un mur en réparations faisant partie du palais ; le long de ce mur une échelle ; corde à nœuds partant du haut du mur ; au bas, auge et outils de maçon, moellons, etc. — A gauche, au deuxième plan, l'entrée d'un caravansérail ; au premier plan, du même côté et un peu en avant sur le théâtre, un palmier.

SCÈNE PREMIÈRE.

BERLINGOT, LAÏDE, LOLOTTE, MALENFLÉ. (*Ils arrivent par le fond à gauche avec leurs bagages.*)

LOLOTTE, *regardant autour d'elle.* Je crois que voilà notre affaire... un paravensérail.

LAÏDE. Ah ! bon... entrons-y alors ; moi je meurs d'anition d'abord, j'ai les jambes dans l'estomac. (*Berlingot dépose les bagages auprès du palmier.*)

LOLOTTE. C'est tout ce que nous y avons dans l'estomac : douze lieues à pied, sans boire ni manger... comme les animaux du désert... Allez donc jouer la comédie après ça (*Malenflé rit.*). Dame, quand vous rirez, Malenflé, il n'y a pas de quoi.

LAÏDE. Lolotte a raison, vous êtes directeur de spectacle, vous devez nourrir votre troupe.

LOLOTTE. Ça vaudrait mieux que de *nous rire...* au nez, imbécile ; mais remuez-vous donc, ou vous Berlingot... Entrez chez l'hôtelier, dites que nous sommes artistes, que nous venons donner une représentation au pacha et que nous avons besoin de deux chambres et de nourriture ; mais remuez-vous donc.

Toutes les indications sont prises du spectateur. — Les personnages sont inscrits en tête des scènes, dans l'ordre qu'ils occupent au théâtre, c'est-à-dire que le premier inscrit tient la gauche du spectateur et ainsi de suite. — Les changements de position sont indiqués par des renvois au bas des pages.

BERLINGOT. C'est bon, j'y vas. (*Fausse sortie.*) Ah bien oui, mais... je ne sais pas le turc. *

LOLOTTE. Ah ! alors, j'y vas moi.

MALENFLÉ. Est-ce que vous le savez, vous le turc ?

LOLOTTE. Je ne m'y suis jamais exercée, mais je dois le savoir, je connais toutes les langues. **

MALENFLÉ. Eh bien, tâchez de nous faire servir à déjeuner ; je me rafraîchirais volontiers d'un pied de chose à la Sainte-Ménéhould.

BERLINGOT. Et moi d'une charcuterie variée et d'un morceau de Brie.

LOLOTTE. Tout ça ne m'a pas l'air très-oriental comme nourriture, enfin nous allons voir.

Aɪʀ :
Pour obtenir crédit de l'hôte
Je saurai ne négliger rien ;
Chez moi, l'esprit n' f'ra pas faute,
La *faim* me donn'ra le moyen,
ENSEMBLE.
Pour obtenir crédit de l'hôte,
Tâche
Tâchez de ne négliger rien ;
Chez vous
Chez toi l'esprit ne f'ra pas faute,
La faim vous
te vous donn'ra le moyen.

(*Elle entre dans le caravansérail.*)

SCENE II.

MALENFLÉ, LAÏDE, BERLINGOT.

LAÏDE. Ah ! Dieu... quelle débine ! et tout ça grâce à vous.

BERLINGOT. Comment, comment ?

LAÏDE. Certainement, arracher deux faibles femmes à leurs foyers domestiques, pour les amener en Osmanlie.

MALENFLÉ. Ah ! permettez, permettez, nous l'avons fait dans une bonne intention ; vos maris sont deux ivrognes qui passaient tout leur temps au cabaret à causer politique.

LAÏDE. Je vous défends d'en dire du mal... (*Changeant de ton.*) C'est vrai... Ah ! brigand de Dromadard !...

BERLINGOT. Et pour ne pas vous faire passer vos soirées à les attendre...

LAÏDE. Oui, oui... vous nous donniez à nous deux Lolotte, des billets pour aller vous voir figurer en cosaques dans la pièce de la Gaîté, agrément que nous avons en cent quarante-trois fois. Connu, connu.

MALENFLÉ. Si bien, qu'un jour, ils sont filés en Orient sans vous prévenir.

LAÏDE. Oui, ils nous ont plantées là... Ah ! scélérat de Dromadard !

BERLINGOT. Oh ! oui, par exemple !...

LAÏDE, *à Berlingot.* Je vous défends d'en dire du mal, à vous, grand serin.

MALENFLÉ. Et comme on ne jouait plus les Cosaques, nous avons formé le projet, Berlingot et moi, d'aller donner, à nous deux, des représentations de cet ouvrage patriotique en Orient.

BERLINGOT. Arrangé en pièce à travestissements, où nous jouerions six rôles chacun.

LAÏDE. Y compris celui du chien, que Malenflé remplace par un couplet de circonstance... Vous nous proposâtes de venir avec vous pour remplir les rôles du sexe.

BERLINGOT. Et vous acceptâtes.

LAÏDE. Et nous acceptâtes, mais dans l'espoir de retrouver nos deux brigands de maris, que si je tenais le mien, je le trépignerais sous mes pieds, quoi... Dieu ! que je paierais cher un morceau de veau... et Lolotte qui ne revient pas.

LOLOTTE, *en dehors.* Je la trouve bonne, non ; mais je la trouve assez bonne.

LAÏDE. Ah ! la voilà. (*Lolotte entre.*)

---

* Berlingot, Lolotte, Laïde, Malenflé.

** Berlingot, Lolotte, Malenflé, Laïde.

SCÈNE III.

MALENFLÉ, LOLOTTE, LAÏDE, BERLINGOT.

LOLOTTE. Merci, un demi-sequin par jour pour deux chambres.

MALENFLÉ. Un demi-sequin pour deux chambres... c'est bientôt dit...

LOLOTTE. Oh ! oui... *bien taudis* est le mot ; je les ai vues : des souricières, des lits qui n'ont pas de draps, une panne à faire frémir les nations.

LAÏDE. Mais la nourriture... la nourriture ?

LOLOTTE. Oh ! un tas de fricots turcs.

LAÏDE. Ah ! oui, toujours du même : du couscoussou,... du pilo, du cédrat.

MALENFLÉ. Qu'est-ce que c'est que ça ?

LAÏDE. Le cédrat ?... c'est un fruit dont on fait des confitures.

LOLOTTE. Je ne m'étonne plus s'il n'y a pas de draps aux lits, l'hôtelier en fait des confitures... *de ses draps...* (*Riant.*) Ah ! ah ! ah !... Tiens, je fais des calembours de dépit... je ris de rage, ah ! ah ! ah ! (*Ils rient tous.*)

MALENFLÉ. Vous avez pu vous faire comprendre ?

LOLOTTE. Parbleu, c'est bien difficile ; je lui ai d'abord demandé du veau pour moi.

MALENFLÉ. Comment dites-vous veau, en turc ?

LOLOTTE. J'ai roucoulé à l'hôtelier le chant imitatif de ce quadrupède... il a compris tout de suite que c'était du veau, et il m'a fait le signe turc que voici : (*Elle fait le signe de non.*) j'ai deviné que ça voulait dire *nisco.*

LAÏDE. C'est pas malin, je l'aurais bien deviné aussi.

MALENFLÉ. Et mon pied à la Sainte-Ménéhould, l'avez-vous demandé ?

LOLOTTE. C'te bêtise ! il n'y a rien de si simple ; je lui ai montré son pied, et j'ai fait encore le chant imitatif de l'animal.

BERLINGOT, *imitant le grognement du cochon.* Hon ! hon ! hon !

LOLOTTE. Voilà, c'est pas plus difficile que ça le turc.

MALENFLÉ. Très-bien, alors j'aurai mon pied ?

LOLOTTE. Non... le seul charcutier qu'il y avait ici, depuis l'arrivée des Français, vient de transporter ses *lares* à Constantinople... Encore un calembour de rage.

MALENFLÉ. Et le pacha, où demeure-t-il ?

LOLOTTE *. Voici un côté de son palais... cette maison en réparations, ainsi ça n'est pas loin ; courez-y, Malenflé, pendant qu'on prépare les aliments.

MALENFLÉ. J'y cours.

BERLINGOT. Et nous, rentrons les bagages et allons presser le déjeuner ; je prends les costumes des Cosaques.

LOLOTTE.

AIR : *Je suis la faridondaine.* (*Adam.*)
Qu'on s'agite, se démène,
Notre pièce il faut la jouer.
Quelqu'obstacle qui survienne
Tâchons de ne pas échouer.
Les *Cosaqu's,* avec ou sans peine,
Espérons
Que nous les *jouerons.*
Que cet espoir nous soutienne,
Les *Cosaqu's,* nous les *jouerons.*

ENSEMBLE. **

Les Cosaques, etc.
Malenflé entre chez le pacha, Berlingot prend les bagages et rentre avec Laïde dans le caravansérail ; Lolotte va les suivre ; en ce moment on entend cogner derrière le mur en réparation, elle s'arrête et écoute.

DROMADARD, *de l'autre côté du mur.* Cré nom, de nom, de nom, de nom,...

* Berlingot, Malenflé, Laïde, Lolotte.
** Berlingot, Laïde, Lolotte, Malenflé.

LOLOTTE, *se haussant sur les pointes et regardant par dessus le mur.* Tiens... un maçon. (*Soupirant.*) Ah !... ça me rappelle Panadier... mon mari... un galopin que s'il n'avait pas eu la faiblesse de la boisson, qui était si aimable... dans des moments... (*Suffoquant de désespoir.*) Mon Dieu, mon Dieu ! (*Changeant de ton.*) je vais dévorer, c'est sûr. (*Elle entre dans la maison de gauche.*)

SCENE IV.

DROMADARD.

(*Un grand nombre de pierres se détachent du milieu du mur et tombent sur le théâtre, avec fracas, Dromadard sort précipitamment par le trou qui vient de se faire, saisit la corde à nœuds, se laisse glisser et tombe assis lourdement. Il porte un pantalon à la turque, sa veste de maçon de la Question d'Orient, et est coiffé d'un fez.*)

Ah ! bon ! j'ai cassé le verre de ma montre. (*Des pierres lui tombent du haut du mur sur la tête.*) Gare les têtes ! ah !... très-bien... en voilà de la belle ouvrage (*Nouvelle avalanche.*) Boum ! va, mon bonhomme, démolis-toi pendant que tu y es... et dire que c'est la troisième fois que mon mur débouline... Cré !... Aussi, c'est pas de ma faute .. obligé d'être architecte, tailleur de pierres, maçon, moi, ça n'est pas mon affaire... Je suis gâcheur.., un simple gâcheur, comme disait mon pauvre Panadier. (*Soupirant.*) Pauv' vieux, va, il ne me dira pus ça... Nous avons été heurtés en mer par un navire russien, et, patatras ! il est tombé au fond des abîmes... et moi j'en ai bu de c't'eau... Ah, Dieu ! j'en ai-ti bu !... j'en ai eu l'abédomène comme ça... je ne sais pas où j'ai pu mettre toute cette eau-là, et Panadier qui me disait que je manquais de *capacité*, merci. (*Pleurant.*) Pauv' Panadier...

SCENE V.

PANADIER, DROMADARD.

(*Panadier dans son costume de maçon, pantalon de toile, chapeau couvert de plâtre, mais une veste turque échancrée dans le dos, soleil sur la poitrine, grandes bottes à entonnoir, dans lesquelles il met son mouchoir; gourde et sac de toile en bandoulière.*)

PANADIER, *chantant en dehors.*
Triste exilé dessus la terre étrangère,
Ah ! que mon...
(*Il entre par le fond à gauche.*)

DROMADARD, *se retournant avec joie.* Qu'entends-je... que vois-je? Panadier ?
PANADIER. Qu'aperçevois-je ? mon goujat ! ô doux instant ! *

DROMADARD,
Bonheur de se revoir !
Mon visage s'arrose
Des larmes du plaisir (*il se fouille*) et j' n'ai pas
(mon mouchoir.
PANADIER.
Dromadard en ces lieux, il va m' payer quéqu' chose.
Bonheur de se revoir, (*bis.*)
Ah ! ah ! ah !
DROMADARD.
Ah! ah ! ah !
ENSEMBLE.
Qu'il est doux de se revoir !
PANADIER.
Ah ! ah ! ah ! ah !
DROMADARD.
Ah ! ah ! ah ! ah !
ENSEMBLE.
Qu'il est doux de se revoir !

DROMADARD, *se jetant au cou de Panadier.* Oh ! laisse-moi t'embrasser !

* Panadier, Dromadard.

PANADIER, *avec effusion*. Ah! oui! (*L'arrêtant avec dignité.*) Embrasse-moi, mais... subalternement, vu la différence des positions d'hieranarchiques; retire ton bonnet. (*Dromadard retire son bonnet, on lui voit alors la tête complétement rasée, il embrasse Panadier. — Regardant la tête rasée de Dromadard et reculant d'horreur*) : Ah! t'es-t-hideux! t'es-t-hideux!

DROMADARD. A cause?... C'est-y ma chevelure chauve?... Tu n'aimes pas ça?...

PANADIER. Je trouve ça repoussant, repoussant!

DROMADARD. Des cheveux rasés, ça *repousse*, c'est certain. (*Il rit.*)

PANADIER. Il sourit!... cet homme *chauve sourit*...

DROMADARD, *remettant son fez*. Mais toi, mon pauvre vieux, que je croyais mort, qu'est-ce que t'es devenu? T'es changé à faire peur.

PANADIER, *avec des larmes dans la voix*. M'en parles pas... je ne suis que le cadâbre de ma personne, que le cadâbre... Imagine-toi que je me suis accroché aux cordages du navire russien qui nous avait-t-heurtés, tu sais? que l'on m'a emmené comme un vil esclave dans la Cosaquie; que ces gueux de Cosaques ont eu la barbarie de me donner pour unique subsistance de la chandelle des six pendant deux mois... J'en mangeais toute la semaine sans manquer, et le dimanche aussi... les jours de fête seulement... j'en mangeais davantage... Mais moi, pas bête, j'ai pas mangé les mèches... et j'en ai fait une échelle qui m'a servi à m'évader... Tiens, la voilà!... (*Tirant de son sac une longue échelle faite avec des mèches à chandelles.*) Deux cent vingt-cinq pieds de long, qu'il est la hauteur de la forteresse où j'ai été mis comme prisonnier d'état, ce qui fait, avec les deux côtés de l'échelle, quatre cent cinquante pieds, plus les échelons, six cent soixante-quinze pieds de chandelle dans l'estomac!...

DROMADARD. Tant de chandelles que ça dans l'estomac!... Tu dois avoir *l'estomac en délabre*...

PANADIER. Candélabre?... Ah! oui, délabré!... Ah! des Cosakaioff, qu'il m'en tombaiow sous la pataïeff, quel tripotagork je leur fichéraiow!...

DROMADARD. Qu'est-ce que tu dis?

PANADIER. Je dis en cosaque que je leur flanquerai une pile; j'ai appris le cosaque, moi, là-bas... Tu ne sais pas le cosaque, toi?

DROMADARD. Marabalaba salim, moumoutoubibi, cacaramoumou ambousaïm Panadeiouiou alibaba salameki! (*Salut oriental.*)

PANADIER. Hein?

DROMADARD. C'est du turc; j'ai appris le turc, moi, ici.

PANADIER. Toi, le turc?... Alors, toi qui es devenu un *indigeste* d'ici, dis-moi donc si la Grèce est toujours occupée à mettre des bâtons dans les roues de la Turquie?

DROMADARD. Je vas te dire : Oui, elle est encore *occupée*; mais... par l'armée française.

PANADIER. Ah! alors, c'est une occupation *en Pyrée*... Au fait, comment que tu te trouves ici?

DROMADARD. La nuit de notre naufrage, tu sais? j'ai été roulé entre deux eaux jusque dans ce port... frais et trempé, comme tu penses.

PANADIER. Comme Nez-de-Plume, le dieu des mers, sortant de Londres.

DROMADARD. Pour lors, j'apprends que la Turquie avait besoin de canons, d'obusiers et de mortiers; le mortier étant ma partie, vu que je suis gâcheur, je vas offrir mes services au pacha d'ici, qui me rit au nez... Je m'étais trompé, ça n'était pas le même genre de mortier qu'on avait besoin; si bien que sachant que j'étais maçon français...

PANADIER, *avec ironie*. Maçon! si ça fait pas suer!...

DROMADARD. On m'a donné le mur du palais à réparer.

PANADIER, *allant examiner le mur.* A toi, un simple gâcheur!

DROMADARD. Je t'avoue, entre nous, qu'il a dégringolé trois fois.

PANADIER. C'est indubitable... Je vas te rarranger ça; car ton pacha pourrait bien se fâcher... (*Panadier s'assied sur une pierre et se met à tailler des moellons, Dromadard gâche dans l'auge; pendant le dialogue suivant, il envoie de temps en temps du mortier dans l'œil de Panadier. Ils causent en travaillant.*) Pour lors, tu ne l'es pas encore pacha? Toi qui voulais le devenir.

DROMADARD. Comme tu vois, mon vieux, pas encore; et pourtant... pacha... Oh! je donnerais... je ne sais quoi pour l'être, rien qu'un mois, une semaine, un jour, un seul jour!...

---

* Dromadard, Panadier.

PANADIER, *riant.* Ha! ha! ha! il me fait gémir!... Pacha, lui? Mais sais-tu seulement la moindre chose en plénipotentie? Saurais-tu seulement... (*il cherche*) voyons... saurais-tu seulement... gouverner, rien que gouverner un peuple quelconque?

DROMADARD. C'est bien malin...

PANADIER. Bien malin... Tu n'as jamais pu même gouverner ta femme...

DROMADARD. C'est bien plus difficile de gouverner une femme que de gouverner un peuple.

PANADIER. Voyons, suis bien ma politique... Un supposé que tu serais un potentat d'un nord quelconque, comment que tu ferais dans la circonstance que t'aurais une guerre sur les bras et qu'il te faudrait des hommes, qui ne veulent pas marcher, et de l'argent, que tes sujets ils cacheraient depuis le rouble jusqu'au copec?

DROMADARD. Oui, qui le cacheraient depuis le Roule jusqu'au Pec.

PANADIER. Copec... Des roubles et des copecs, comme qui dirait des pièces de quarante sous et des centimes.

DROMADARD. Comment que je ferais? (*Il se gratte l'oreille.*) Ah! je vas te dire... je ne sais pas...

PANADIER. Eh ben! on rend une occase.

DROMADARD. Une occase?

PANADIER. Oui, comme qui dirait chez nous un décret.

DROMADARD. Ah! oui... ou en Turquie un firmament...

PANADIER. C'est belligérant... Eh bien, on rend une occase comme quoi les hommes on leur-z-insinue le patriotisme sur les reins à grands coups de quenouilles.

DROMADARD. De quenouilles? Ah! oui, pour les faire filer...

PANADIER. Et leur faire faire des offrandes civiques... *volontaires* à la patrie.

DROMADARD. On appelle ça une occase? Quelle occase!...

PANADIER, *se levant et haussant les épaules en le regardant.* Ça ne se doute même pas de tout ça, et ça veut être pacha; c'est à faire rire un moellon!*

AIR : *De sommeiller encor, ma chère.*

> Toi qui n'as vu que la Turquie,
> Tu n' sais que superficieus'ment;
> Mais moi qui viens d' la Cosaquie,
> J' suis z'éclairé-z-intérieur'ment.

DROMADARD, *se levant.*

> Intérieur'ment est l' mot fidèle,
> Et j' n'en suis pas du tout surpris :
> T'as bien assez mangé d' chandelle
> Pour être *éclairé* comm' tu dis.

Mais puisque tu arrives de chez les Russiens, tu dois connaître aussi le bombardement d'Odeça?

PANADIER. Si je le connais?... Mais je l'ai vu comme je te vois.

DROMADARD. Oui, mais moi, j'ai vu le rapport du général Ostan-Sackan... ah!

PANADIER. Son rapport n'a pas de rapport avec mon rapport; suis bien ma politique. Il faut te dire que l'armée russienne alle est appuyée sur ses balcons.

DROMADARD. Pourquoi faire?... Pour voir passer le monde?

PANADIER. Quel idiôme! quel idiôme, que cette créature-là!.. Mais les balcons, c'est des montagnes, cruchon!

DROMADARD. Ah! mais ça m'embête, moi, à la fin, que tu m'humilies toujours... ça commence à m'échauffer les oreilles, entends-tu, animal!

PANADIER. Dromadard, je vous pardonne votre estupidité en faveur de votre insolence.

DROMADARD. Du moment que tu me fais des excuses, n'en parlons plus, non... mais tu ne me connais pas, tu ne sais pas ce que je suis...

PANADIER. Si, je le sais.

DROMADARD. Eh bien, qu'est-ce que je suis?

PANADIER. Tu *suis*... ma politique; voilà ce que tu *suis*.

DROMADARD. C'est démonstratif.

PANADIER. Si bien, pour en revenir, que là, les Russiens ils sont assez solides, les gaillards, ils

* Panadier, Dromadard.

sont même très-solides... si ce n'est qu'ils crèvent tous comme des mouches ; mais à Odeça, que c'est la mer, c'est différent. Pour lors, la chose elle est venue par un parlementeur qu'il était à Odeça et que les flottes elles dirent : Y nous le faut ! vingt noms de noms ! y a pas, y a pas, y a pas, y nous le faut !... Tu suis bien ma politique ?

DROMADARD. Oui.

PANADIER. Alors, comme on est obligé de se servir de signes pour correspondre sur la mer...

DROMADARD. Des cygnes ? Ah ! oui, parce que les cygnes, ça va sur l'eau !

PANADIER. Il est encore plus bête qu'à Paris !... Le Russien il fait ce signe diplomatique à la flotte ; (*il se met le pouce sur le nez et agite sa main tendue*) et en réjouissance de ça, le gouvernement russien il fait chanter un *Te Deum*. Alors, la flotte combinée elle combine aussi son plan ; elle s'avance auprès d'Odeça, et quand elle n'est plus qu'à une distance de trois *vestes*, elle dit...

DROMADARD. Nous allons leur flanquer une culotte.

PANADIER. C'est ça ! Tu commences à comprendre la question... Alors la flotte, elle envoie des fusées *qu'on crève*, oh ! mais *qu'on crève* si bien que l'artifice qu'il était dedans, il vous met tous les magasins, les amonitions, tout le bataclan , en n'hachis , en marmelade... ou leux flanque leux vaisseaux au fin fond du sein de la mer... où ils sont en lieu sûr.

DROMADARD. Oui, comme dit la fable que j'ai lue : L'asile le plus sûr est le sein d'une *mer*.

PANADIER. C'est démonstratif et voilà mot pour mot ce que c'est que le bombardement d'Odeça. (*Deux muets sont sortis du palais du pacha, vers la fin de ce récit, et se sont arrêtés au fond, derrière Dromadard et Panadier qui en se retournant les aperçoivent.*)

PANADIER. Qu'est-ce que c'est que ça ?

DROMADARD. Tiens, c'est deux muets du pacha... (*Les deux muets font signe à Dromadard de les suivre... Dromadard les regarde et semble effrayé de leur air sombre.*)

PANADIER. Quel air taciterne, mon Dieu ! quel air taciterne. (*Nouveau signe des muets.*)

DROMADARD, *ému*. Ah ça !... mais qu'est-ce qu'ils me veulent donc ? (*Il court à Panadier d'un air effrayé.*)

PANADIER. Dis donc, je m'ai laissé dire que quand un pacha il veut périr quelqu'un, il l'envoie chercher comme ça par des muets.

DROMADARD, *effrayé*. Hein ? qu'est-ce que tu dis là ?... Je ne lui ai rien fait au pacha...

PANADIER, *frappé d'une idee*. Ah !

DROMADARD, *tressaillant*. Quoi ?

PANADIER, *allant au mur*. Ce que tu disais tout à l'heure, ton mur, petit malheureux, ton mur qu'il s'écroule tous les jours. *

DROMADARD, *épouvanté*. Oui, c'est ça (*Pleurant.*)... Je suis perdu... je suis perdu, Panadier...

PANADIER. Infortuné ! mais aussi, pourquoi as-tu la vanité de faire le maçon... tu péris victime de ta présomption... de ta présomption.

DROMADARD. Panadier... sauve-moi, dépêche-toi de me rarranger mon mur (*Aux muets*). Il v me rarranger mon mur. (*Signe des muets pour que Dromardard les suive.*)

PANADIER, *aux muets*. J'vas lui rarranger son mur (*Signe plus impérieux des muets.*) Il est trop tard... tu vas être empalé.

DROMADARD. Empaillé ?

PANADIER. Empaillé ?... t'aimerais peut-être mieux être empaillé, mais c'est empalé.

DROMADARD. Qu'est-ce que c'est que ça ?

PANADIER. Ça, c'est une grande broche à rôti sur quoi qu'on vous asseoit jusqu'au menton.

DROMADARD, *avec horreur*. Ah !

PANADIER, *comme s'il entrevoyait une espérance*. A moins que...

DROMADARD, *avec espoir*. A moins que...

PANADIER. A moins que ça ne passe le menton, ça dépend de la longueur de la broche à rôti.. qu'il est la manière de vous fusiller en Orient.

---

* Droadard, Panadier.

DROMADARD. Mais je n'veux pas moi... je n'veux pas... (*Nouveaux signes des muets.*)

PANADIER. Ah! il n'y a pas, va, faut y aller, faut y aller.

DROMADARD, *désespéré.* Faut y aller... ça t'est bien facile à dire, à toi... si tu crois que c'est agréable d'aller s'asseoir là-dessus... (*Pleurant.*) Quand ma pauvre Laïde saura ça, quoi qu'elle dira, mon Dieu, quoi qu'elle dira? Brigand, l'avoir plantée là bas... pour venir ici... c'est ma punition.

PANADIER, *soupirant.* Ah! oui... et moi aussi j'ai laissé ma pauvre Lolotte... (*A Dromadard.*) Y a pas, faut y aller, allons, vas-y gaiement... de la philosophie, mon bonhomme.

DROMADARD, *sanglotant et se jetant au cou de Panadier.* Adieu, mon Panadier.

PANADIER, *allant pour l'arrêter, puis s'abandonnant.* Oui, dans mes bras... au moment d'être... (*Il fait le geste de l'embrocher.*) Heingue! il n'y a plus de distance, j'oublie que tu as été mon simple gâcheur. (*Ils s'embrassent.*)

AIR *des adieux de Pépito.*

DROMADARD.

Adieu!

PANADIER.

Adieu!

DROMADARD.*

Ce supplic' plus je l'envisage
Et plus je l' vois terrible, hélas!

PANADIER.

Sur les autr's il a l'avantage
Qu'il ne te défigur'ra pas,
Mais pas, mais pas.

REPRISE.

Adieu, etc.

(*Ils se jettent dans les bras l'un de l'autre ; Dromadard suit les muets, s'arrête à la porte du pacha, fait un geste de douleur comme si le supplice commençait, puis entre avec les deux muets dans le palais du pacha.*)

SCÈNE VI.

PANADIER, *seul.* (*Il suit Dromadard des yeux, puis vient, d'un air sombre, jusqu'à la rampe, là il tire son mouchoir et suffoque.*)

Hi, hi, hi, hou! hou! hou! pauvre Dromadard, à la fleur de son âge... (*Il sanglotte, s'arrêtant subitement et reprenant le ton ordinaire.*) Voilà... j'ai payé un juste tribut de larmes à mon gâcheur; à présent, c'est fini n'en parlons plus; je vais hériter de sa clientèle. (*Il monte sur l'échelle et examine les travaux de maçonnerie.*) Comme c'est fait! Oh! oh! oh! si on ne dirait pas d'un bottier qui a fait ça!

SCENE VII.

MALENFLÉ, PANADIER, *travaillant.*

MALENFLÉ, *sortant du palais du pacha, tout bouleversé.* En croirai-je mes yeux! Dromadrd ici! fatale rencontre!

* Panadier, Dromadard.

PANADIER, *travaillant en chantant.*

Périnne a trouvé vingt sous
Pour s'amuser à la foire...
Pour ma mère, hélas, si loin...

MALENFLÉ, *en entendant chanter Panadier, a paru exprimer un vif étonnement.* Mais je ne me trompe pas... ce maçon... c'est l'autre mari... c'est Panadier... Ah ! mon Dieu ! s'ils voient leurs femmes, ils voudront les reprendre... ou bien les femmes voudront reprendre leurs maris... et notre représentation des Cosaques est manquée... comment faire ? Ah ! j'ai une idée. (*Entrant dans le caravansérail.*) Je vais les effrayer.

PANADIER, *gesticulant et parlant au mur.* Il est démonstratif, nom d'un petit bonhomme, que la mère Pacha, elle ne laissera pas les Cosaques affranchir les balcons. (*Cognant sur le mur.*) Non, non, non... (*Geste de douleur indiquant qu'il s'est fait mal au poing.*) Eh ! là-bas... je cogne trop fort, moi. (*Appelant par le trou du mur à la manière des maçons.*) Eh ! Dromadard... une truellée au sas,.. gâché serré. (*Il chante :*)

Un Français meurt et ne se rend point.

Eh ben !... y sommes-nous ? (*Il regarde par le trou ; se rappelant.*) Ah ! (*Avec émotion.*) Pauvre Dromadard, je me croyais encore à Paris avec lui, tandis que, dans ce moment, il est assis sur... (*Il va pour pleurer et s'arrête.*) Que je suis bête ; je l'ai pleuré ! je m'en souvenais pus. (*Il chante.*)

Un Français meurt, mais il ne se rend point.
Le Français...

(*Il fait un couac.*)

SCÈNE VIII.

PANADIER, MALENFLÉ, BERLINGOT, LOLOTTE *et* LAÏDE.

(*Les deux hommes ont leur costume de cosaque sur le bras.*)

LOLOTTE. C'est lui, je le reconnais à ce couac ; il n'en fait jamais d'autre quand il volcanise *.

MALENFLÉ, *bas.* Croyez-moi, mesdames, filons tout de suite au palais du pacha.

LOLOTTE. Partir, sans lui parler... quand il est là...

LAÏDE. Partir... quand Dromadard va revenir, car assurément ils travaillent ensemble.

MALENFLÉ, *prenant les deux femmes par le bras et les amenant sur le devant du théâtre **.* Mais, imprudentes, y pensez-vous... Songez donc qu'il suffit que vos maris déclarent que vous vous êtes enfuies avec nous pour qu'on nous applique la peine des conversations criminelles.

LOLOTTE. Par exemple ! je suis pure de ces colloques.

MALENFLÉ. On vous coud la femme dans un sac avec des moellons au fond, et on vous la jette dans le Bosphore. (*Les deux femmes jettent un cri ; effrayées du bruit qu'elles ont fait et voyant Panadier qui se retourne, elles se couvrent le visage de leur voile ; les deux hommes se cachent***.*)

PANADIER. Tiens... des Turquoises... (*Bruit, tumulte, acclamations. — Les deux femmes effrayées se cachent derrière le palmier.*)

LOLOTTE. Ah ! mon Dieu !

---

* Berlingot, Laïde, Lolotte, Malenflé.
** Berlingot, Laïde, Malenflé, Lolotte.
*** Laïde, Lolotte, Malenflé, Berlingot, Panadier.

LAÏDE. Qu'est-ce que c'est que ça?

MALENFLÉ. Filons vite chez le pacha. (*Le cortége paraît au fond, à droite ; Malenflé et Berlingot entrent chez le pacha.*)

SCENE IX.

LAÏDE, LOLOTTE, *derrière le palmier*, PANADIER, *sur l'échelle et travaillant*, DROMADARD, *en riche costume ; il est porté dans un palanquin par quatre eunuques et fume dans une grande pipe.* — *Peuple faisant cortége.*

Air du *Cheval de Bronze.* (*Clochette de la Pagode.*)

> Fêtons par des cris de joie,
> Fêtons par des chants d'amour,
> Le pacha qu'on nous envoie   *Bis.*
> Et bénissons ce beau jour.

(*Le cortége fait le tour du théâtre ; Panadier ne peut voir Dromadard, dont le visage est caché par un éventail.*)

PANADIER, *après le chœur.* Qu'est-ce que c'est que ça? le bœuf gras? (*En ce moment, le palanquin est arrivé auprès de Panadier, lequel se trouve ainsi presque nez à nez avec Dromadard qui lui sourit avec un air de protection.*) Lui, pacha!... lui, Dromadard! un gâcheur... je deviens imbécile, c'est sûr... je suis toqué. (*Laïde et Lolotte se sont montré du doigt Dromadard, et ont exprimé leur surprise.*)

LAÏDE. Dromadard pacha!... il l'avait toujours dit.

LOLOTTE. Eh ben! en v'là un qui a fait son chemin rapidement; c'est pas comme le mien... t'es bien heureuse. (*Sur un signe de Dromadard, les esclaves déposent le palanquin au milieu du théâtre. Dromadard fait signe à Panadier d'approcher.*)

PANADIER, *ahuri et perdant la tête*. Ah! ça... (*Il veut descendre de son échelle et dégringole.*)

DROMADARD, *d'un air majestueux.* Eh bien! avance donc.

PANADIER, *ému.* Oh! mon Dieu, mon Dieu!... què que ça veut dire? què que ça veut dire?

DROMADARD. Encore... encore... pas si près... tiens-toi debout, respectueusement, ôte ton chapeau. (*Panadier se découvre et semble abruti.*) Tu es tuméfié de mon empothérose, Panadier ; voici l'explication de la chose. Au lieu de me... (*signe d'embrocher*) les muets me mènent devant le pacha, qui me dit en turc : C'est donc toi, farceur, qui as si grande envie de l'être, pacha? (Sans doute c'est les muets qui lui auront dit ça.) Là dessus il s'écrie : Balama, Balama atchim! tchin tchin! ce qui veut dire : Je suis content de ta maçonnerie, et je veux que tu soies pacha... et je le suis... mais je n'en suis pas plus fier... baise mon pied.

PANADIER, *avec un sentiment d'orgueil froissé.* Dromadard!

DROMADARD. Appelle-moi grande lumière.

PANADIER, *à part.* Grande lumière... fait-il son bec de gaz; grande lumière... Qu'est-ce que je suis donc, moi, qui ai eu six cent soixante-quinze pieds de chandelles dans l'ésauvage de l'estomac.

DROMADARD, *avec autorité.* Appelle-moi grande lumière, ou je te fais empaler... (*A part.*) J'ai été assez longtemps son subalterne; à présent... faut qui marche... faut qui marche... (*Haut.*) Baise mon pied.

* Laïde, Lolotte, Dromadard, Panadier.

PANADIER. Oui, grande lumière ! (*Il s'agenouille et baise le pied de Dromadard. A part.*) Baiser le pied de mon ancien gâcheur, quelle humiliation !

DROMADARD, *se levant.* Très-bien !... (*Les esclaves portent le palanquin au fond du théâtre.*) Que veux-tu que je fasse pour toi ?... veux-tu une place politique auprès de ma personne ?... Sous-pacha, ça te va-t-il ?

PANADIER. La soupe au chat ? (*A part.*) Il m'humille, il m'humille !...

DROMADARD. Je te dis sous-pacha... ou mamamouchi ; veux-tu être mamamouchi ?

PANADIER, *avec joie.* Mamamouchi ! ô volupté !... oui, grande lumière. (*A part.*) Je ne sais pas ce que c'est.

LOLOTTE, *avec bonheur.* Mamamouchi !... mon Panadier mamamouchi... qu'est-ce que c'est que ça ?

DROMADARD. Préfères-tu être attaché à mon n'hareng ?

PANADIER. Votre grande lumière veut dire à son n'harem : H-A, HA, R-E-M-REM, harem.

DROMADARD. Tu m'as dit toi-même qu'on prononçait hareng... H-A-HA-R-E-M-RÈME hareng ; tu diras hareng ou je te fais empaler... (*A part.*) Faut qui marche, faut qui marche... Tu ne réponds pas ? alors je te nomme... gardien du sérail.

LOLOTTE. Ciel ! (*Elle se cache.*) J'ai failli me trahir.

PANADIER, *après réflexion.* Ah !... non... ah ! mais non... (*A part.*) Fichtre ! (*Haut.*) Je préfère être mamamouchi, grande lumière.

DROMADARD. Va pour mamamouchi.

LOLOTTE. Je respire.

DROMADARD, *désignant Panadier aux esclaves.* Baloumachir-Moumouchalibiriki-Carabobo.

PANADIER. Plaît-il, grande lumière ?

DROMADARD. Tu vas voir. (*Deux esclaves s'emparent de Panadier et l'habillent.*)

REPRISE DU CHOEUR.

Fêtons par des cris de joie,
Fêtons par des chants d'amour,
Le pacha qu'on nous envoie
Et bénissons ce beau jour.

(*Pendant ce chœur, Dromadard se promène triomphalement devant le peuple.*)

PANADIER. On n'a plus que deux femmes de chambre. (*Il se pavane dans son costume et s'empêtre dans son sabre.*)

LAÏDE, *montrant Dromadard à Lolotte.* Dieu ! que le costume turc lui va bien ! vois donc comme il est majestueux.

LOLOTTE, *à Laïde.* Et Panadier... comme il était bien fait pour porter le croissant sur sa tête.

PANADIER, *à Dromadard qui a fait le tour de la scène et se trouve auprès de lui.* Un mamamouchi, ça peut-il avoir un n'harem, grande lumière ? *

DROMADARD. Oui, tu le puis ; je t'accorde trente femmes.

PANADIER. Que ça ? c'est bien peu, grande lumière.

DROMADARD. Allons, je t'en accorde quarante.

PANADIER. Quarante obélisques ! ô douceur !...

LOLOTTE. Il accepte, le misérable !

DROMADARD. Moi j'en aurai tant que j'voudrai.

LAÏDE. Tant qu'il voudra. Ah ! le gueux, qu'est-ce qu'il en fera ? (*Des esclaves ont déposé des coussins à terre, près du mur en réparation, mais assez éloignés pour que Dromadard et Panadier puissent tomber en arrière.*)

DROMADARD, *assis.* Panadier... fais apporter des rafraîchissements à ton pacha et maître.

* Laïde, Lolotte, Panadier, Dromadard.

PANADIER. Oui, grande lumière : garçon, un litre à douze.

DROMADARD, *riant.* Du vin ? ici !

PANADIER. De quoi qu'on boit ? de l'eau de Cologne ?

DROMADARD. Va demander des *absorbés.* (*Lolotte fait signe à Laïde de la suivre.*)

PANADIER. Des absorbés, j'y vas. (*Il se dirige vers la maison et aperçoit Laïde et Lolotte qui cherchent à s'échapper.*) Ah ! du sesque ! (*A Dromadard.*) Deux obélisques qui s'ensauvaient.

LOLOTTE. Pincées !

DROMADARD. Des obélisques ! apporte ici.

LAÏDE. Gare le sac !

LOLOTTE. Oh ! nous y sommes, va, notre affaire est dedans... le sac.

PANADIER, *d'un air galant.** Jeunes beautés... (*Elles cherchent à fuir.*) Qu'est-ce que c'est ?... (*Des esclaves les arrêtent ; Panadier les prend par le bras.*) Ne craignez rien... nous ne sommes pas des Savoyards... (*Il amène les deux femmes à Dromadard.*)

DROMADARD, *aux femmes.* Approchez.

PANADIER, *voulant écarter les voiles.* Voyons si nous sommes gentilles. (*Les deux femmes serrent leurs voiles.*)

DROMADARD. Eh ! là-bas !... en public ?... c'est pas l'usage... C'est moi que je les verrai dans mon n'hareng.

PANADIER. Et moi ?

DROMADARD. Si elles sont laides, je te les donnerai.

PANADIER, *s'inclinant à la façon orientale.* Merci, grande lumière. (*A part.*) Oh ! si je ne craignais pas d'être... (*Geste d'embrocher.*)

DROMADARD, *aux deux femmes.* Qu'est-ce que vous êtes ?

LAÏDE, *embarrassée.* Nous, Indouses.**

DROMADARD. Oh ! des Indouses... Dis donc, Panadier, c'est des Indouses.

PANADIER. Des in-douze ? Tiens, j'avais toujours entendu dire que les in-douze c'était des bouquins.

LOLOTTE, *vivement.* Nous, almées.

PANADIER. Armées !... Elles sont armées !

DROMADARD, *se levant.* Fichtre, méfions-nous.

LAÏDE. Nous chantir.

LOLOTTE. Nous balladir, nous dansir.

DROMADARD. Ah ! c'est des danseuses... des blaguiadères ; alors vous allez nous danser un pas oriental... Panadier, viens t'asseoir là. (*Dromadard désigne un coussin à Panadier et s'assied sur l'autre.*)

PANADIER. Oui, grande lumière. (*Il cherche à s'asseoir à l'orientale, s'empêtre et tombe ; pendant que les deux femmes préludent par des poses aux danses qu'elles vont exécuter, un esclave allume le narguilhé de Dromadard ; Panadier, voyant cela, tire de sa poche une pipe de terre culottée et s'apprête à fumer.*)

DROMADARD. Eh ben ! qu'est-ce que c'est ? pour un mamamouchi, voilà une jolie pipe..... (*Il lui arrache sa pipe et la jette.*) Tu veux donc faire rougir ton pacha ? Qu'on lui apporte un narguilhé... (*L'esclave présente un narguilhé à Panadier et le lui allume.*)

PANADIER. Tiens... je vas fumer dans un marguiller. (*Des sorbets sont apportés.*)

DROMADARD, *aux deux femmes.* Voyons, chantez-nous une romance en indou.

LAÏDE, *qui était au fond à préluder à la danse, accourant à Lolotte.* Ah ! sapristi, qu'est-ce que je vas dire ? je ne sais pas la langue des Indes.

LOLOTTE, *à demi-voix.* Chante tes infortunes en mettant io et iou à la fin des mots, ça aura une couleur d'Inde.

LAÏDE. Tu crois ?

LOLOTTE. Je t'en réponds ; moi je chanterai mes fureurs de la même façon.

LAÏDE. Quelle humiliation !

LOLOTTE.*** Oh ! sans le sac... je t'en donnerais du divertissement, brigand ! (*Elle se précipite vers Panadier avec un geste menaçant. Dromadard et Panadier, effrayés, se renversent pour*

---

* Laïde, Panadier, Lolotte, Dromadard.

*' Lolotte, Laïde, Panadier, Dromadard.

*** Laïde, Lolotte, Panadier, Dromadard.

éviter le coup et tombent en arrière, empêtrés dans leurs costumes. Lolotte arrête son geste et en fait une pose de danse. Panadier et Dromadard ont été relevés par les esclaves et ont repris leurs places sur les coussins.)

DROMADARD. Allez-y... nous écoutons.

LOLOTTE, *bas à Laïde.* * Va... je t'accompagnerai sur la bandoline.

LAÏDE. Tu sais en jouer ?

LOLOTTE. De celle-là, oui, elle n'a qu'une corde. Allons, marche.

LAÏDE.

AIR : *Bo baï, bo baï, de la Foire aux idées.*

Brigandaïo, z-infamaïou,
Planter là iou leur femmiou,
   Laisseïo sans un sou.
         (*A part.*)
Ça n'a pas l'air indou.
         (*Haut.*)
Vouloir eux bayadéro
Beaucoup, beaucoup, beaucoup,
Et pachaïou se faïro.
         (*A Lolotte.*)
Ça n'est pas ça du tout.
Oh, oh, oh, oh ! hi, hi, hi, hi ! *(Bis.)*
Je ne sais plus ce que je di.
Nous, se tenir à quatro,
Nous poussaïo z-à-hout ;
Si nous ïo pouvoir battro
   Flattaïo notre goût.
     Et là dessus,
     Je n'en puis plus,
     Je suis à bout,
     J'ai chanté tout.
       N-i-ni, ni,
     Ouff! c'est fini.
Iou, ratabataïou! ratabataïou ïou (*bis*).
(*Pendant que Laïde fait des poses au fond du théâtre.*)

DROMADARD, *à Panadier.* C'est drôle comme l'indou a du rapport avec le français.

PANADIER, *haussant les épaules.* Que vous êtes bête, grande lumière ! — Oh ! excusez ! (*Laïde danse.*)

DROMADARD, *après la danse.* Tiens ! j'ai vu cette danse-là quèque part.

PANADIER. V'là un pas moldo-valachicard de ma connaissance.

LOLOTTE, *à Laïde.* Tu viens de soupirer ton martyre, moi je vais chanter les passions violentes. (*Elle chante.***)

Même air :

Transporta ïou de ragio,
Respiraïou carnagio,
Etrangliaïo-z-époux.
       (*A Laïde.*)
Ça m'a l'air très-Indou.
       (*Haut.*)
Bayadéro cruello.
   (*A part. Regardant Panadier.*)
Si j' te t'nais dans un coin,
(*Haut.*)D'arrachaïou prunello
Moi, d'abord aurais soin.

* Lolotte, Laïde, Panadier, Dromadard.
** Laïde, Lolotte, Panadier, Dromadard.

Oh, oh, oh, oh ! hi, hi, hi, hi ! *Bis*
S'il n'était pas mamouchi.
(Geste de s'élancer sur Panadier qui recule effrayé.)
Griffaio, trepignéio,
Onglaïou visagio,
Cheveuïcïo poignéïo,
Mordaïo l'oreillo,
Gifflo rudïou,
Tripotaïou
Egratignou
Le visagiou.

(A Laïde.)
Tu vois qu' l'Indou
N'est pas l' Pérou.
Iou, ratabataïou ! ratabataïou, iou (*bis*).
(Laïde et Lolotte dansent. Dromadard et Panadier commencent à marquer la cadence, puis s'enthousiasmant progressivement, ils s'agitent plus fort, finissent par se lever et font vis-à-vis aux deux femmes.—Musique jusqu'à la sortie de Panadier.)

DROMADARD, *dansant.* Ah ! je suis dans le ravissement.

PANADIER, *de même.* Je suis séduit.

DROMADARD, *jetant à Laïde un fin mouchoir brodé.* Je retiens celle-là pour mon n'hareng, je lui jette le mouchoir.

LAÏDE. Ah ! le galopin... il me trahit..

PANADIER. Et moi aussi... (*Il tire de sa botte un gros mouchoir à tabac et le jette à Lolotte.*)

LOLOTTE. Ah ! le Savoyard.. il me fait des traits ; heureusement que c'est avec moi. (*La danse est finie; Dromadard fait signe aux quatre esclaves d'apporter le palanquin, ils obéissent. Dromadard monte dedans.*)

DROMADARD. Panadier, suis-moi-z-à mon palais avec les deux obélisques. (*Panadier va offrir son bras aux deux femmes. En ce moment on entend des clameurs. — La musique qui a continué piana, va crescendo jusqu'à la chute du palanquin.*)

DROMADARD, *effrayé.* Qu'est-ce que c'est ?

UN ESCLAVE *entre en courant et s'adressant à Dromadard :* Cosaçaïou ! Cosaçaïou !

DROMADARD. Les Cosaques ! (*Alerte, sauve qui peut général. — Les quatre esclaves lâchent le palanquin et se sauvent. — Dromadard tombe enseveli dans les rideaux.*)

PANADIER, *avec joie.* Des Cosaques ! nous allons rire. (*Retroussant ses manches.*) J'en extermine un par chandelle. (*Il sort en courant par la gauche. — Fin de la musique.*)

SCÈNE X.

LAÏDE, DROMADARD, LOLOTTE.

LOLOTTE. Ah ! le malheureux, il va se faire crever un œil, ou casser un membre, c'est sûr. (*Elle veut sortir.*)

LAÏDE. Ne sors pas, tu attraperais quelque chose. (*Elle la retient.* **)

DROMADARD, *qui se débattait sous le palanquin, se dégageant et reconnaissant Laïde.* Laïde !... Laïde ici...

LOLOTTE. Oui, monstre !

DROMADARD, *apercevant Lolotte.* Lolotte aussi !

‘ Laïde, Dromadard, Lolotte, Panadier.
** Lolotte, Laïde, Dromadard.

LAÏDE. Oui, scélérat !

LOLOTTE. Panadier ! je veux Panadier !...

PANADIER, *en dehors*. Dromadard !

LOLOTTE, *avec joie*. Le voilà !

SCENE XI.

LES MÊMES, PANADIER, *amenant* DEUX COSAQUES.

PANADIER.* Dromadard, je tiens deux Cosaques !

DROMADARD. Deux Cosaques ?... Va commander un *Te Deum*.

LOLOTTE, *sautant au cou de Panadier et l'embrassant*. Panadier, mon Panadier ! tu es sauvé, mon bibi, mon Loulou !...

PANADIER. Lolotte ici !... (*Il lâche les deux Cosaques, qui profitent de cela pour chercher à se sauver.*)

DROMADARD, *courant après eux*. Eh ben ! qu'est-ce que c'est ? (*Il les rattrape.*)

PANADIER, *aux Cosaques*. Ah ! brigandakorf ! tu me fais mangeaïow de la chandelakeff !... à genoux !... (*Il tire les deux Cosaques par la barbe pour les faire mettre à genoux, les barbes lui restent dans les mains ; on reconnaît Malenflé et Berlingot.*) Qu'est-ce que c'est que ça ?

DROMADARD, *riant*. Deux faux Cosaques !

LOLOTTE. Oui, deux Cosaques de la Gaîté qui nous ont amenées ici...

DROMADARD. Comment ! nos femmes se sont enfuies avec deux Cosaques !...

LAÏDE. Nous vous expliquerons tout.

DROMADARD. C'est ça, dans mon palais... Holà, mes esclaves, servez-moi-z-un peu de palanquin... (*Les esclaves et le peuple s'approchent et lui rient au nez.*) Qu'est-ce que c'est ?...

LAÏDE. Ce que c'est ? Pardié ! ça se devine... C'est que ton pacha s'est moqué de toi ; il t'a fait pacha pour rire..

DROMADARD. Hein ?... je suis un pacha pour rire ?

LOLOTTE. Mais oui... (*A Panadier.*) Et toi, un mamamouchi idem...

PANADIER. Cré...

LOLOTTE. Ainsi, vous n'avez plus rien à faire ici ; filons à Paris.

TOUS. Oui, filons à Paris.

PANADIER. Dromadard, n'oubliez pas que vous n'êtes que mon simple gâcheur.

CHOEUR.

AIR de la *Question d'Orient*, (fragment du refrain).

Maintenant,
Maintenant,
Retournons
Retournez *et promptement* } *Bis.*
Deviser en riant
Sur la question d'Orient.

DROMADARD.

AIR : *J'arrive à pied de province.*

Avec son p'tit air d'astuce
L' cosaque au billard,
Propose une *parti' russe*,
Donc il connaît l'art.
On accepte, il se dispose
A compter ses points,
Mais v'là qu'au début d' la chose,
On l' bloque aux quatr' coins,

PANADIER.

AIR : *Au clair de la lune.*

Si j'entre en Turquie
Contre tous les vœux,
C'est, dit la Russie,

' Lolotte, Berlingot, Panadier, Malenflé, Dromadard, Laïde.

Dans un but très-pieux,
Allons, ma cohorte,
Fais-nous voir ton feu,
Ouvre-moi la Porte,
Pour l'amour de Dieu.

LAÏDE.

AIR : *Nous en dirons tant tant tant.*

La guerre, il faut l'entret'nir,
Dit i' Moscovit' ; mais nous sommes
En mesure d'obtenir
Et de l'argent et des hommes,
I'n'y a qu'nous, qu'nous, qu'nous, qu'nous, qu'nous
(*Geste de donner du knout.*)
Pour avoir soldats et sommes,
I'n'y a qu'nous, qu'nous, qu'nous, qu'nous, qu'nous
Pour fair' filer, filer doux (*).

LOLOTTE.

AIR : *Ma commère, quand je danse.*

Maint héros chantant victoire,
Dans son rapport d'Odessa
Sembla dir' que la mer Noire,
Il la pass'ra malgré ça.
Certe on verra
Qu'il la pass'ra.

AIR : *Tire lire lire.*

Le canard l'a bien passée,
Tire lire lire. (*bis*)
Le canard l'a bien passée,
Tire lire, lir lon fa.

PANADIER.

AIR : *Va-t'en voir s'ils viennent.*

De d'sus l'empire ottoman,
Russien tu veux mordre,
Mais nous tâch'rons, heureusement,
D'y mettre bon ordre.
Souviens-toi bien de cela,
Car on se propose
Si t'enlève c't' empir'-là
De t'enl'ver aut' chose.

DROMADARD.

AIR :

L'empire ottoman,
Dit le Russe, se dégrade,
Il meurt dans un an
Si je n' le secours prompt'ment.
Moi, pour le moment,
C'est l' Russ' qui m' paraît malade ;
V'là l'état présent
De la question d'Orient.

REPRISE DE L'ENSEMBLE.

Maintenant, etc.

(*Pas oriental sur la ritournelle. Le rideau tombe.*)

(*) **On peut substituer ce couplet :**

Pour avoir l'or et les bras
Qu'il faut dans ces cas extrêmes,
On dit que le knout, là bas
Est le meilleur des systèmes.
Chez nous, argent et soldats
Accourent s'offrir d'eux-mêmes ;
Non, l'argent et les soldats
Chez nous ne manqueront pas.

FIN.

Paris. — Typ. de Vᵉ Doudey-Dupré, rue Saint-Louis, 46.

PARIS
IMP. DE Mme Vve DONDEY-DUPRÉ
Rue Saint-Louis, 46.

www.ingramcontent.com/pod-product-compliance
Lightning Source LLC
Chambersburg PA
CBHW061524170626
46811CB00004B/1837